La mort du roi Tsongor

FichesdeLecture.com

La mort du roi Tsongor (Fiche de lecture)

I. INTRODUCTION

L'auteur

Laurent Gaudé est né en 1972 à Paris. Il obtient une maîtrise de lettres à l'Université Paris III. Depuis 1997, il publie environ un à deux livres par an, roman ou pièce de théâtre. Certaines de ses œuvres sont adaptées au théâtre comme « Le tigre bleu de l'Euphrate ».

L'œuvre

« La mort du roi Tsongor » est publiée aux éditions Actes Sud en 2002, c'est le deuxième roman de l'auteur. Il reçoit le prix Goncourt des lycéens en 2002 et le prix des Libraires en 2003. Deux ans plus tard, il remporte le Prix Goncourt avec son roman « Le Soleil des Scorta » qui est vendu à plus de 80 000 exemplaires.

L'auteur situe son roman dans une Afrique ancestrale et imaginaire et accorde une large place aux mythes et aux légendes.

II. RÉSUMÉ DU ROMAN

Nous sommes dans une Afrique antique imaginaire. Le roi Tsongor a mis vingt ans pour bâtir un magnifique et puissant royaume. Très jeune il a quitté son royaume à la recherche de conquêtes.

Après d'innombrables luttes, il est arrivé jusqu'au pays des rampants. Ce pays est composé de hameaux, chacun vivant isolé les uns des autres. Tsongor massacre les habitants maigres et raides comme des piquets.

Seul Katabolonga survit, ce dernier s'est fait la promesse d'être maître de la mort du roi Tsongor.

Il est devenu porteur du tabouret d'or sur lequel trône le souverain, ce qui fait de lui son serviteur et son veilleur. Au fil du temps les deux hommes sont devenus inséparables. Le roi vit avec sa famille à Massaba. Depuis quelque temps, la ville est en pleine ébullition, on prépare le mariage de la fille unique du roi, Samilia. Elle doit épouser le riche et jeune prince des terres du sel, Kouame.

À son réveil, Katabolonga comprend c'est le jour où il doit tuer le roi. Il l'annonce à Tsongor qui ne réalise pas immédiatement. Arrive alors un cavalier au palais qui demande audience au roi. Il s'agit de Sango Kerim, un orphelin qui a été élevé avec la famille royale. Le roi l'a toujours chéri comme son fils, mais il a dû mal à le reconnaitre car Sango Kerim est parti conquérir des terrains très jeune à l'instar du roi Tsongor.

Il vient réclamer son dû, Samilia adolescente s'était promise à lui. Tsongor est partagé car les deux prétendants sont légitimes, il sait que quoi qu'il décide la guerre est inéluctable. « *Demain vous saurez tous avec qui se marie ma fille et celui qui n'aura pas été choisi n'aura plus qu'à disparaitre ou à pleurer face à ma colère* ». Samilia est à Massamba ce qu'Hélène est à Troie.

À la fin d'une nuit de réflexion, il choisit la solution « de facilité » : mourir, pour que sa mort fasse réfléchir. En mettant fin à ses jours, il espère stopper la guerre. Lors de ses funérailles, Souba le plus jeune de ses fils annonce que le roi Tsongor l'a choisi pour partir loin et lui construire sept tombeaux. Le roi lui a confié la mission de trouver les sept lieux les plus propices à la construction des sept tombeaux dont l'ensemble devra refléter ce que fut le grand roi Tsongor.

Tandis que ses frères aînés, Sako, Danga et Liboko, s'allient avec Kouame contre Sango Kerim. Le jeu des alliances est en marche, la guerre tue beaucoup d'hommes. Elle se traduit par une destruction totale de la région, aucun des deux clans ne peut gagner. Le roi Tsongor, mort, assiste tout de même à l'effondrement de ce qu'il a construit grâce à Katabolonga, qui est un témoin de ce conflit.

La mère de Kouame tente de raisonner son fils et lui demande d'arrêter, mais ce dernier dominé par la passion ignore ses conseils. Alors qu'elle se trouve dans le campement de Sango, Samilia avoue s'être donnée à Kouame, elle se sent irrémédiablement attirée par lui. Les deux hommes la rejettent, elle fuit sans choisir aucun des deux hommes. Ils meurent tués par Barnak, l'un des lieutenants de Kouame.

Le plus jeune fils du roi remplit un devoir de mémoire et tente de comprendre qui était son père et quel est le sens de sa quête. Il parcourt le monde et fait construire sept tombeaux correspondant aux sept caractères de son roi. Une fois qu'il a fini, l'âme de son père peut enfin partir. Samilia erre seule car elle est la raison de la guerre qui détruit le royaume de son père. Souba comprend que grâce à la volonté de son père il est sain et sauf.

III. ÉTUDE DES PERSONNAGES

Souba

Au début Souba est un jeune homme encore naïf, innocent qui ne comprend pas la volonté de son père, mais obéit. Il se demande pourquoi son père l'a choisi lui et pas un autre de ses fils. C'est le cadet et pour respecter les dernières volontés de son père, il voyage à travers le monde et laisse ses frères mener la guerre. Le roi lui a confié la mission de trouver les sept lieux les plus propices à la construction des sept tombeaux dont l'ensemble devra refléter ce que fut le grand roi Tsongor.

Souba au cours du voyage tente de comprendre qui était son père et quel est le sens de sa quête. Il finit par faire construire sept tombeaux correspondant aux sept caractères de son roi. À la fin du voyage, il est devenu un homme sage et réalise que c'est grâce à la volonté de son père qu'il est sain et sauf. Il a beaucoup mûri et réfléchi pendant son périple. Ce voyage est donc un parcours initiatique.

Finalement, il est le seul à avoir respecté la volonté de son père, en un sens il a appris du sacrifice de son père contrairement à ses frères aînés qui s'engagent dans la guerre. Ils meurent tous tandis que Souba revient renforcé de cette quête « imposée ».

Samilia

C'est la fille unique du roi Tsongor. Adolescente elle était très proche de Sango Kerim, un orphelin qui a été élevé avec la famille royale, mais il est parti conquérir des terrains à l'instar du roi Tsongor. Elle s'était promise à lui sans que son père le sache.

Les années passent et la princesse oublie sa promesse, elle s'apprête à épouser le riche et jeune prince des terres du sel, Kouame. Tout le début du livre décrit les montagnes cadeaux qu'elle reçoit et les préparatifs fastueux en l'honneur de cet heureux événement.

Mais le passé revient et Sango Kerim exige son dû. Comme son père choisit de mourir plutôt que l'un des deux prétendants dans l'espoir d'éviter la guerre, la jeune fille devient l'objet de tous les tourments, elle est à Massamba ce qu'Hélène est à Troie.

Alors qu'elle se trouve dans le campement de Sango, Samilia avoue s'être donnée à Kouame, elle se sent irrémédiablement attirée par lui. Les deux hommes la rejettent, elle fuit sans choisir aucun des deux hommes. Samilia erre seule car elle est la raison de la guerre qui détruit le royaume de son père.

IV. AXES DE LECTURE

Un voyage initiatique pour Souba

La mort volontaire du roi Tsongor marque un tournant dans la vie de tous les personnages qui découvrent le deuil, la colère, la guerre, la défaite et enfin la honte. Cependant, Souba semble avoir appris plus que les autres. Avant de mourir, son père lui a confié la mission de trouver les sept lieux les plus propices à la construction des sept tombeaux dont l'ensemble devra refléter ce que fut le grand roi Tsongor.

« Pourquoi lui, le plus jeune ? C'était une punition que le jeune homme ne méritait pas. Renoncer à tout. Du jour au lendemain. Et partir. À son âge. Avec pour seul bagage une tunique de deuil. »

La mort du roi devient synonyme de départ pour un long voyage. Il s'agit d'un parcours initiatique au cours duquel le cadet est envoyé loin de la guerre, exilé, il doit quitter ses frères et sa sœur et Massaba. En l'éloignant ainsi son père voulait qu'il soit confronté au monde. Au début Souba est un jeune homme encore naïf, innocent qui ne comprend pas la volonté de son père, mais obéit. Il se demande pourquoi son père l'a choisi lui et pas un autre de ses fils.

Souba au cours du voyage tente de comprendre qui était son père et quel est le sens de sa quête. Il a pour mission d'explorer le monde pour grandir par lui-même avant de pouvoir retourner à ses racines. Lors de ce parcours, il doit en outre découvrir le sens de la vie et la mort. C'est à la fois une quête d'acceptation, une quête initiatique et humaine.

Même si Souba n'a pas compris le sens de périple il sort unique vainqueur de la mort de son père. Ainsi Souba « contraint » de voyager à travers le monde avec pour seul bagage sa tunique de deuil sans transforme sans s'en rendre compte, sa vie et sa quête en offrande et en don de soi.

Il finit par faire construire sept tombeaux correspondant aux sept caractères de son roi. Une fois qu'il a fini, l'âme de son père peut enfin partir. À la fin du voyage, il est devenu un homme sage et réalise que c'est grâce à la volonté de son père qu'il est sain et sauf.

Il a beaucoup mûri et réfléchi pendant son périple. Finalement, il est le seul à avoir respecté la volonté de son père, en un sens il a appris du sacrifice de son père contrairement à ses frères aînés qui s'engagent dans la guerre. Ils meurent tous tandis que Souba revient renforcé de cette quête « imposée ».

Une œuvre tragique

L'action se passe dans une Afrique antique imaginaire et les actes de tous les personnages, du père, des fils, de la fille et des prétendants sont irréversibles et ont des conséquences désastreuses pour le royaume. Nul ne peut échapper à son destin, le roi Tsongor est le premier à le comprendre trop tard, « C'est la vie qui s'est jouée de nous ». Le roi vit depuis des années avec cette épée de Damoclès au-dessus de la tête, il sait en effet que Katabolonga s'est fait la promesse d'être le maître de sa mort.

La mort est omniprésente dans ce récit. Dès le début le lecteur sent que les descriptions fastueuses de préparation du mariage de Samilia cachent une faille. Le mariage devient synonyme de guerre et de mort. Quoi qu'il choisisse, le roi sait qu'il déclenchera la colère d'un des prétendants et donc la guerre. Face à ce dilemme, il décide de se tuer, de se sacrifier pour éviter la guerre et la destruction du royaume qu'il a mis vingt ans à construire.

Aucun des deux prétendants ne suit la voie de la sagesse et ses fils sauf le cadet partent en guerre. Les frères aînés combattent les uns contre les autres et périssent tous. Le roi Tsongor assiste impuissant à la destruction de sa famille et de son royaume car il peut échanger ses pensées avec Katabolonga.

L'influence des grandes tragédies grecques

Il y a plusieurs éléments qui nous renvoient aux tragédies grecques. Aucun des personnages ne peut échapper à son destin. Samilia, dans un premier temps, elle est à Massamba ce qu'Hélène est à Troie. Pour elle, deux hommes se battent et se font la guerre, détruisant un magnifique et puissant royaume.

Puis, telle Phèdre, elle est vouée au malheur. Son père a été avant elle incapable de choisir, quoiqu'elle fasse la mort est la celle issue. Impuissante, elle ne peut choisir. Alors qu'elle se trouve dans le camp de Sango Kerim, elle se donne durant la nuit à Kouame, le chef de l'armée ennemie.

« Je n'ai pas pu choisir, pensa-t-elle. Ou je me suis trompée. J'ai choisi le passé et l'obéissance. J'ai fait taire le désir que j'avais en moi. Et j'ai rejoint Sango Kerim, par fidélité. Mais la vie exigeait Kouame. Non. Ce n'est pas cela. Si j'avais choisi Kouame, le serais en train de pleurer sur Sango Kerim. Ce n'est pas cela. Il n'y a pas de choix possible. J'appartiens à deux hommes. Oui. Je suis aux deux. C'est mon châtiment. Il n'y a pas de bonheur pour moi. Je suis aux deux. Dand la fièvre et le déchirement. C'est cela. Je ne suis rien que cela. Une femme de guerre. Malgré moi. Qui ne fait naître que la haine et le combat. »

Quant aux fils ainés de roi, Sako et Danga, les jumeaux, choisissent chacun un camp opposé, Liboko, le cadet, périt. Les armées s'entretuent en ne sachant plus pour quoi ni pour qui elles ne se battent, mais le font jusqu'à la mort.

Cette œuvre est à la fois un roman épique, les personnages vivent des situations extraordinaires, ils subissent des épreuves et découvre la vie, la mort et la honte. Mais c'est également un roman sur les origines, l'action se déroule dans une Afrique ancestrale imaginée et l'auteur s'est notamment inspiré des mythes fondateurs.

Une réflexion sur l'inutilité de la guerre

Le roi Tsongor qui a mis vingt à bâtir son royaume, et ce au prix de conquêtes et de massacre, souhaite léguer un à ses fils un pays puissant et en paix. Le mariage de sa fille fait partie de son projet de stabilité, mais il déclenche un affrontement entre deux prétendants, une lutte fratricide.

Il décide de se sacrifier pour éviter la guerre, mais il sait déjà que la guerre est en marche. Impuissant il demande à son cadet de trouver les sept lieux les plus propices à la construction des sept tombeaux dont l'ensemble devra refléter ce que fut le grand roi Tsongor.

Il l'éloigne du conflit et de la folie des hommes. Comme prévu, Sako, Danga et Liboko s'allient avec Kouame contre Sango Kerim. Le jeu des alliances est en marche, la guerre tue beaucoup d'hommes. Elle se traduit par une destruction totale de la région, aucun des deux clans ne peut gagner. Le roi Tsongor, mort, assiste tout de même à l'effondrement de ce qu'il a construit grâce à Katabolonga, qui est un témoin de ce conflit.

La mère de Kouame tente de raisonner son fils et lui demande d'arrêter, mais ce dernier dominé par la passion ignore ses conseils. Les deux prétendants meurent tués par Barnak, l'un des lieutenants de Kouame.

Les armées s'entretuent en ne sachant plus pour quoi ni pour qui elles se battent, mais le font jusqu'à la mort. À la fin, seuls Souba, Samilia et Katabolonga survivent. Le royaume est détruit, la famille du roi est décimée, il n'y a pas victoire puisqu'elle s'inscrit dans la défaite et dans la honte. Samilia erre seule car elle est la raison de la guerre qui détruit le royaume de son père. Souba comprend que grâce à la volonté de son père il est sain et sauf.

Finalement, il est le seul à avoir respecté la volonté de son père, en un sens il a appris du sacrifice de son père contrairement à ses frères aînés qui s'engagent dans la guerre. Ils meurent tous tandis que Souba revient renforcé de cette quête « imposée ».

Dans la même collection en numérique

Les Misérables
Le messager d'Athènes
Candide
L'Etranger
Rhinocéros
Antigone
Le père Goriot
La Peste
Balzac et la petite tailleuse chinoise
Le Roi Arthur
L'Avare
Pierre et Jean
L'Homme qui a séduit le soleil
Alcools
L'Affaire Caïus
La gloire de mon père
L'Ordinatueur
Le médecin malgré lui
La rivière à l'envers - Tomek
Le Journal d'Anne Frank
Le monde perdu
Le royaume de Kensuké
Un Sac De Billes
Baby-sitter blues
Le fantôme de maître Guillemin
Trois contes
Kamo, l'agence Babel
Le Garçon en pyjama rayé
Les Contemplations

Escadrille 80

Inconnu à cette adresse

La controverse de Valladolid

Les Vilains petits canards

Une partie de campagne

Cahier d'un retour au pays natal

Dora Bruder

L'Enfant et la rivière

Moderato Cantabile

Alice au pays des merveilles

Le faucon déniché

Une vie

Chronique des Indiens Guayaki

Je voudrais que quelqu'un m'attende quelque part

La nuit de Valognes

Œdipe

Disparition Programmée

Education européenne

L'auberge rouge

L'Illiade

Le voyage de Monsieur Perrichon

Lucrèce Borgia

Paul et Virginie

Ursule Mirouët

Discours sur les fondements de l'inégalité

L'adversaire

La petite Fadette

La prochaine fois

Le blé en herbe

Le Mystère de la Chambre Jaune

Les Hauts des Hurlevent

Les perses

Mondo et autres histoires

Vingt mille lieues sous les mers

99 francs

Arria Marcella

Chante Luna

Emile, ou de l'éducation
Histoires extraordinaires
L'homme invisible
La bibliothécaire
La cicatrice
La croix des pauvres
La fille du capitaine
Le Crime de l'Orient-Express
Le Faucon malté
Le hussard sur le toit
Le Livre dont vous êtes la victime
Les cinq écus de Bretagne
No pasarán, le jeu
Quand j'avais cinq ans je m'ai tué
Si tu veux être mon amie
Tristan et Iseult
Une bouteille dans la mer de Gaza
Cent ans de solitude
Contes à l'envers
Contes et nouvelles en vers
Dalva
Jean de Florette
L'homme qui voulait être heureux
L'île mystérieuse
La Dame aux camélias
La petite sirène
La planète des singes
La Religieuse
1984 A l'Ouest rien de nouveau
Aliocha
Andromaque
Au bonheur des dames
Bel ami
Bérénice
Caligula
Cannibale
Carmen

Chronique d'une mort annoncée
Contes des frères Grimm
Cyrano de Bergerac
Des souris et des hommes
Deux ans de vacances
Dom Juan
Electre
En attendant Godot
Enfance
Eugénie Grandet
Fahrenheit 451
Fin de partie
Frankenstein
Gargantua
Germinal
Hamlet
Horace
Huis Clos
Jacques le fataliste
Jane Eyre
Knock
L'homme qui rit
La Bête humaine
La Cantatrice Chauve
La chartreuse de Parme
La cousine Bette
La Curée
La Farce de Maitre Pathelin
La ferme des animaux
La guerre de Troie n'aura pas lieu
La leçon
La Machine Infernale
La métamorphose
La mort du roi Tsongor
La nuit des temps
La nuit du renard
La Parure

La peau de chagrin
La Petite Fille de Monsieur Linh
La Photo qui tue
La Plage d'Ostende
La princesse de Clèves
La promesse de l'aube
La Vénus d'Ille
La vie devant soi
L'alchimiste
L'Amant
L'Ami retrouvé
L'appel de la forêt
L'assassin habite au 21
L'assommoir
L'attentat
L'attrape-coeurs
Le Bal
Le Barbier de Séville
Le Bourgeois Gentilhomme
Le Capitaine Fracasse
Le chat noir
Le chien des Baskerville
Le Cid
Le Colonel Chabert
Le Comte de Monte-Cristo
Le dernier jour d'un condamné
Le diable au corps
Le Grand Meaulnes
Le Grand Troupeau
Le Horla
Le jeu de l'amour et du hasard
Le Joueur d'échecs
Le Lion
Le liseur
Le malade imaginaire
Le Mariage de Figaro
Le meilleur des mondes

Le Monde comme il va

Le Parfum

Le Passeur

Le Petit Prince

Le pianiste

Le Prince

Le Roman de la momie

Le Roman de Renart

Le Rouge et le Noir

Le Soleil des Scortas

Le Tartuffe

Le vieux qui lisait des romans d'amour

L'Ecole des Femmes

L'Ecume Des Jours

Les Bonnes

Les Caprices de Marianne

Les cerfs-volants de Kaboul

Les contes de la Bécasse

Les dix petits nègres

Les femmes savantes

Les fourberies de Scapin

Les Justes

Les Lettres Persanes

Les liaisons dangereuses

Les Métamorphoses

Les Mouches

Les Trois mousquetaires

L'étrange cas du Dr Jekyll et de Mr Hyde

L'Ile Au Trésor

L'île des esclaves

L'illusion comique

L'Ingénu

L'Odyssée

L'Ombre du vent

Lorenzaccio

Madame Bovary

Manon Lescaut

Micromégas

Mon ami Frédéric

Mon bel oranger

Nana

Ne tirez pas sur l'oiseau moqueur

Notre-Dame de Paris

Oliver twist

On ne badine pas avec l'amour

Oscar et la dame rose

Pantagruel

Le Misanthrope

Perceval ou le conte du Graal

Phèdre

Ravage

Roméo et Juliette

Ruy Blas

Sa Majesté des Mouches

Si c'est un homme

Stupeur et tremblements

Supplément au voyage de Bougainville

Tanguy

Thérèse Desqueyroux

Thérèse Raquin

Ubu Roi

Un Barrage contre le Pacifique

Un long dimanche de fiançailles

Un secret

Vendredi ou la vie sauvage

Vipère au poing

Voyage au bout de la nuit

Voyage au centre de la terre

Yvain ou le Chevalier au lion

Zadig

À propos de la collection

La série FichesdeLecture.com offre des contenus éducatifs aux étudiants et aux professeurs tels que : des résumés, des analyses littéraires, des questionnaires et des commentaires sur la littérature moderne et classique. Nos documents sont prévus comme des compléments à la lecture des oeuvres originales et aide les étudiants à comprendre la littérature.

Fondé en 2001, notre site FichesdeLectures.com s'est développé très rapidement et propose désormais plus de 2500 documents directement téléchargeables en ligne, devenant ainsi le premier site d'analyses littéraires en ligne de langue française.

FichesdeLecture est partenaire du Ministère de l'Education du Luxembourg depuis 2009.

Plus d'informations sur www.fichesdelecture.com

Notes :